पद्मश्री प्राण

मॉरिस हार्न, वर्ल्ड एन्सायक्लोपीडिया ऑफ कॉमिक्स के एडिटर ने कार्टूनिस्ट प्राण को 'वाल्ट डिज्नी ऑफ इंडिया' कहा है।

उनकी कॉमिक्स पीढ़ी दर पीढ़ी बढ़ते हुए नौजवानों की हमेशा साथी रही हैं। उन्होंने अपने कैरेक्टर्स 'चाचा चौधरी, साबू, श्रीमतीजी, पिंकी, बिल्लू, रमन' इत्यादि के मनोरंजन का भरपूर लुत्फ उठाया है। उनके 600 से ज्यादा टाइटल्स मार्केट में बिक रहे हैं और दर्जनों स्ट्रिप्स न्यूज पेपर्स में छप रहे हैं। चाचा चौधरी पर आधारित एक टी. वी. सीरियल के लगातार 600 एपिसोड तक एक प्रमुख चैनल पर दिखाए गए।

विश्व के कई देशों का भ्रमण कर चुके, प्राण को 'लिमका बुक ऑफ रिकॉर्ड्स' ने 'पीपुल ऑफ द ईयर अवार्ड' से सम्मानित किया है। 1983 में उनकी कॉमिक बुक– 'रमन, हम एक हैं' का विमोचन तत्कालीन प्रधानमंत्री श्रीमती इंदिरा गांधी ने किया।

प्रकाशक

हाय अंकल हेयरी!
हाय पिंकी!

अंकल लॉन में आराम करने जा रहे हैं, इन्हें तंग मत करना।
ओ.के. मम्मी!

मैं छत पर जा रही हूं। बाजार से कुटकुट के लिए स्पेशल डिश का पेस्ट लाई हूं।

छत पर कुटकुट को पेस्ट बना कर खिलाऊंगी।

चीं!! ची!!
PET

चीं !! चीं !!

मुझे पता है, तेरे मुंह में पानी आ रहा है अपनी स्पेशल डिश को देखकर।

रुक जा इसका पेस्ट बना लेने दे, फिर खिलाऊंगी तुझे!

अरे, कुटकुट रुक ना।

रुक! ओह!

ओह! पेस्ट तो सोए हुए हेयरी अंकल के बालों पर गिर गया।

ओह! कुटकुट! तेरे इरादे खतरनाक लग रहे हैं।
चीं !! चीं !!

नहीं, कुटकुट! नहीं!

कुटकुट नीचे कूद गई, लेकिन मैं नहीं कूद सकती।

मुझे सीढ़ियों से जाकर कुटकुट को रोकना होगा।

कुटकुट, रुको!

ओह !

हाय, मेरे बाल!

www.chachachaudhary.com

पिंकी और रोलर

अरे, हैवी अंकल कहां भागे जा रहे हो ?
मैं भागा जा नहीं रहा बल्कि भागा आ रहा हूं।

डॉक्टर जानलेवा के क्लीनिक से।
© PRAN'S FEATURES

मैं मोटापे के इलाज के लिए डॉक्टर जानलेवा के पास गया। उसने मेरा ऑपरेशन बताया। मैं इसके लिए तैयार हो गया। जानती हो फिर क्या हुआ ?

ऑपरेशन थिएटर में डॉक्टर जानलेवा फूलों का हार लेकर आया। मैंने पूछा यह हार किसलिए ?
क्या हुआ?

वह बोला मेरा यह पहला ऑपरेशन है, अगर सफल हो गया तो यह हार मेरे लिए, अगर असफल हुआ तो हार तेरे लिए।

बस इतना सुन कर मैं भाग खड़ा हुआ।
अच्छा हुआ। वरना बहुत बुरा हो जाता।

पिंकी ! मेरे मोटापे का कोई इलाज समझ नहीं आ रहा है बू-हू-हू !

बेचारे हैवी अंकल !

स्टेडियम
सचमुच ज्यादा मोटापा किसी काम का नहीं होता।

गोजी अंकल आप इतने परेशान क्यों हैं ?
इस शहर में होने वाले इंटरनेशनल क्रिकेट मैच की पिच बनाने का काम मुझे सौंपा हुआ है।

मैंने पिच तैयार कर दी है, लेकिन इसे समतल करने से पहले मेरा रोलर खराब हो गया।

मैच शुरू होने वाला है। इस बीच अगर पिच पर रोलर नहीं चला तो मुसीबत हो जाएगी।
तो ?

रोलर चले कैसे? यह तो खराब है।

आपकी समस्या का समाधान है मेरे पास।

क्या?

अभी पता चल जाएगा।
www.chachachaudhary.com

मिलो हैवी अंकल से।

जो आपकी समस्या को चुटकियों में हल कर देंगे।

इन्हें खुशी होगी कि यह किसी के काम आए।

वाह! रोलर भी पिच को इतना समतल नहीं कर पाता।

पिंकी चश्मे

अरे पिंकी! तुमने इतने मोटे ग्लास वाला चश्मा किसका लगा रखा है ?
नानी का।
मैं इसे ठीक करवाने जा रही हूं।

कहते हैं, इतने मोटे ग्लास वाले चश्मे से कुछ दिखाई नहीं देता।

गलत कहते हैं, मुझे तो दिखाई दे रहा है।

वह भी साफ-साफ।
अच्छा क्या दिखाई दे रहा है?

अंधेरा!
!!

अरे पिंकी रुकना।
कहिए अंकल।

चश्मे की शॉप पर जा रही हो तो मेरा चश्मा भी बदलवा लाना।

12

लाइए।

लगता है चश्मे की दुकान पर जा रही हो। मेरा चश्मा भी ठीक करवा लाना।

आप शायद चश्मा ठीक करवाने जा रहे हैं।
हां, लेकिन घुटनों में दर्द से चल नहीं पा रहा हूं।

मुझे दीजिए, मैं आपका चश्मा ठीक करवा लाऊंगी।

थैंक्यू। पिंकी।
पिंकी। मेरा चश्मा भी ले जाना।

श्योर!
एक घंटे बाद सबके चश्मे ठीक हो जाएंगे। तबतक थोड़ा मॉल घूम लेती हूं।
MOLL
www.chachachaudhary.com

इतने सारे लोगों के काम आने में जो खुशी मिलती है, उसका जवाब नहीं।
Glass
एक घंटे बाद...
Glass
Glass

सभी को चश्मे वापस कर दूं, फिर मुझे खेलने भी जाना है।

थोड़ी देर बाद...

कहां है पिंकी ? यह किसका चश्मा दे गई मुझे ?
मेरा तो दो नंबर का चश्मा था, यह पिंकी मुझे यह क्या दे गई ?
मुझे तो कुछ दिखाई नहीं दे रहा।

बू-हू-हू-हू! इसमें मेरा क्या कसूर ?

15

पिंकी
चीटू का कुत्ता

पिंकी! अच्छा हुआ तुम मिल गईं। मैं तुम्हें ही ढूंढ़ रहा था।
क्या बात है चीटू?
पहले बताओ, तुम्हारे हाथ में दो मैडल कैसे?

ये दोनों मैडल मुझे सिंगिंग कंपीटिशन में मिले हैं।

वाह एक कम्पीटिशन में दो-दो मैडल।

जरूर तुमने दो अच्छे गाने गाए होंगे।

ऐसा नहीं है।
तो फिर ?

मुझे एक मैडल गाना शुरू करने के लिए मिला ...

और एक उसी गाने को खत्म करने के लिए।
!!

अच्छा है ना ?
बहुत अच्छा है । बताओ, तुम मुझे क्यों ढूंढ रहे थे ?

मेरे अंकल ने मुझे एक प्यारा पब ब्रीड का डॉगी गिफ्ट किया था। न जाने वह कहां चला गया ?

उसे ढूंढने में मेरी हेल्प करो ।
तुमने डॉगी की ढंग से देखभाल नहीं की होगी, तभी वह चला गया ।

उसे ढूंढ़ने के लिए अख़बार में विज्ञापन दे देते हैं ।

आइडिया तो अच्छा है, लेकिन उससे होगा कुछ नहीं ।
क्यों ?

मेरा डॉगी अख़बार में छपे विज्ञापन को पढ़ नहीं पाएगा। वह पढ़-लिख नहीं सकता।

छोड़ो इसे, मैं कैसे भी तुम्हारे डॉगी को ढूंढ़ दूंगी। ऐसा फिर न हो, इसका तुम्हें ध्यान रखना होगा।

तुम डॉगी पर एक निबंध लिखो, इससे तुम्हें पता चल जाएगा कि डॉगी क्या होता है।

ठीक है। मैं डॉगी पर निबंध लिखने जाता हूं।
मैं तुम्हारे पब डॉगी को ढूंढती हूं।

वह रहा चीटू का पब डॉगी।

इसे पाकर वह बहुत ख़ुश होगा। मैं जाती हूं उसके पास।

चीटू ! तुम्हारा डॉगी मिल गया ।

अरे चीटू ! तुम्हारा यह हाल कैसे हुआ ?
© PRAN'S FEATURES

तुम्हारी वजह से, तुमने कहा था कि मैं डॉगी पर निबंध लिखूं । मैंने एक डॉगी को पकड़ कर उस पर लिखने की कोशिश की तो उसने मेरा यह हाल कर दिया ।

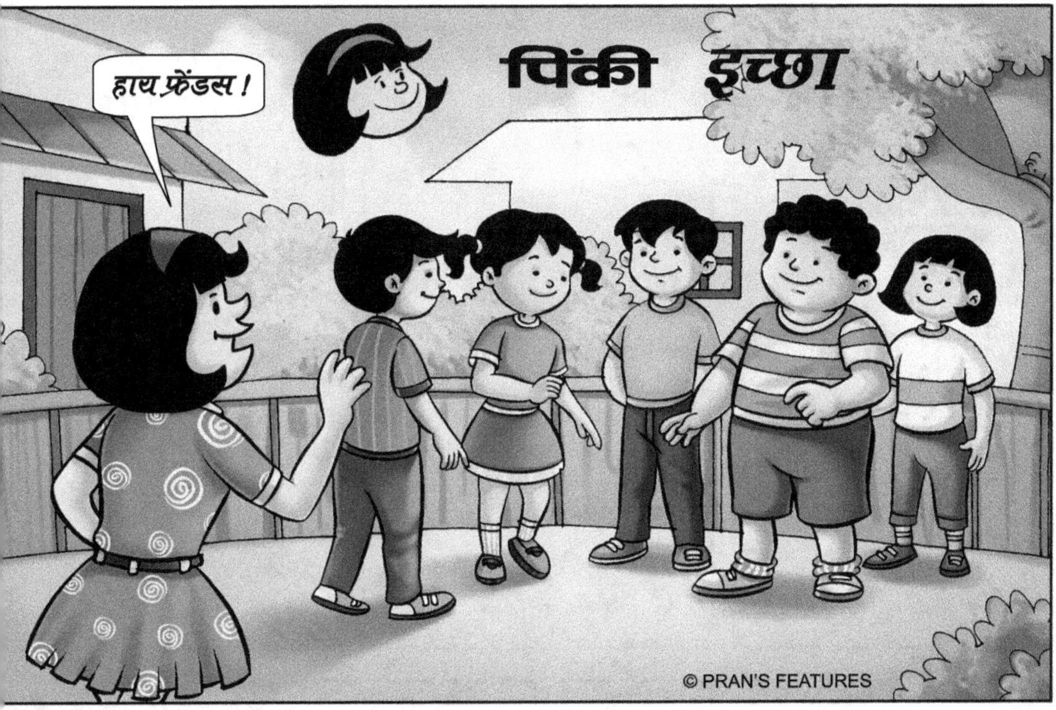

पिंकी इच्छा

बहुत अच्छी। एग्ज़ाम बोर्ड तैयार है।

पेन तैयार है।

पेंसिल तैयार है।

और तो और ड्रेस भी तैयार है।

बस पढ़ाई की तैयारी करनी बाकी है।

पढ़ाई के प्रति सीरियस हो जाओ, हम पढ़ेंगे तभी हमारी कुछ बनने की इच्छा पूरी होगी।

हरेक की कोई न कोई इच्छा होती है ना।

क्यों नहीं होती, मेरी डॉक्टर बनने की इच्छा है।
मैं इंजीनियर बनूंगा।

तुम्हारी भी तो कोई इच्छा होगी गब्दू

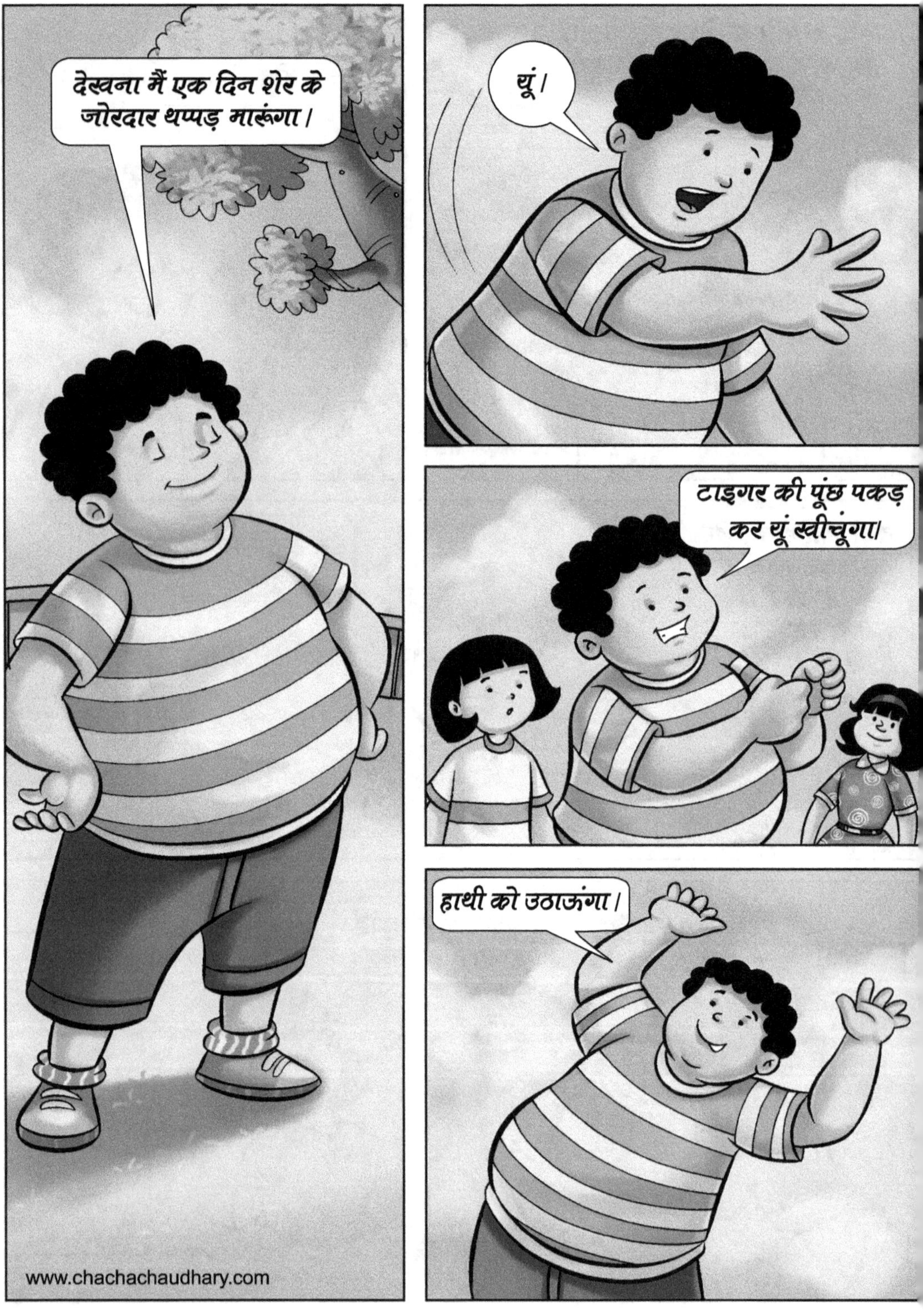

www.chachachaudhary.com

24

और उसे उठा कर घूमाकर दूर फेंक दूंगा।

यूं।

शाबाश गब्बू, तुम एक दिन ऐसा जरूर करोगे।

जिस दिन तुम ऐसा कर दोगे, उस दिन बात ही और होगी।
क्या?

शेर, टाइगर, हाथी जैसे खिलौनों की दुकान का मालिक तुम्हारे कान पकड़ कर दुकान से बाहर कर देगा।

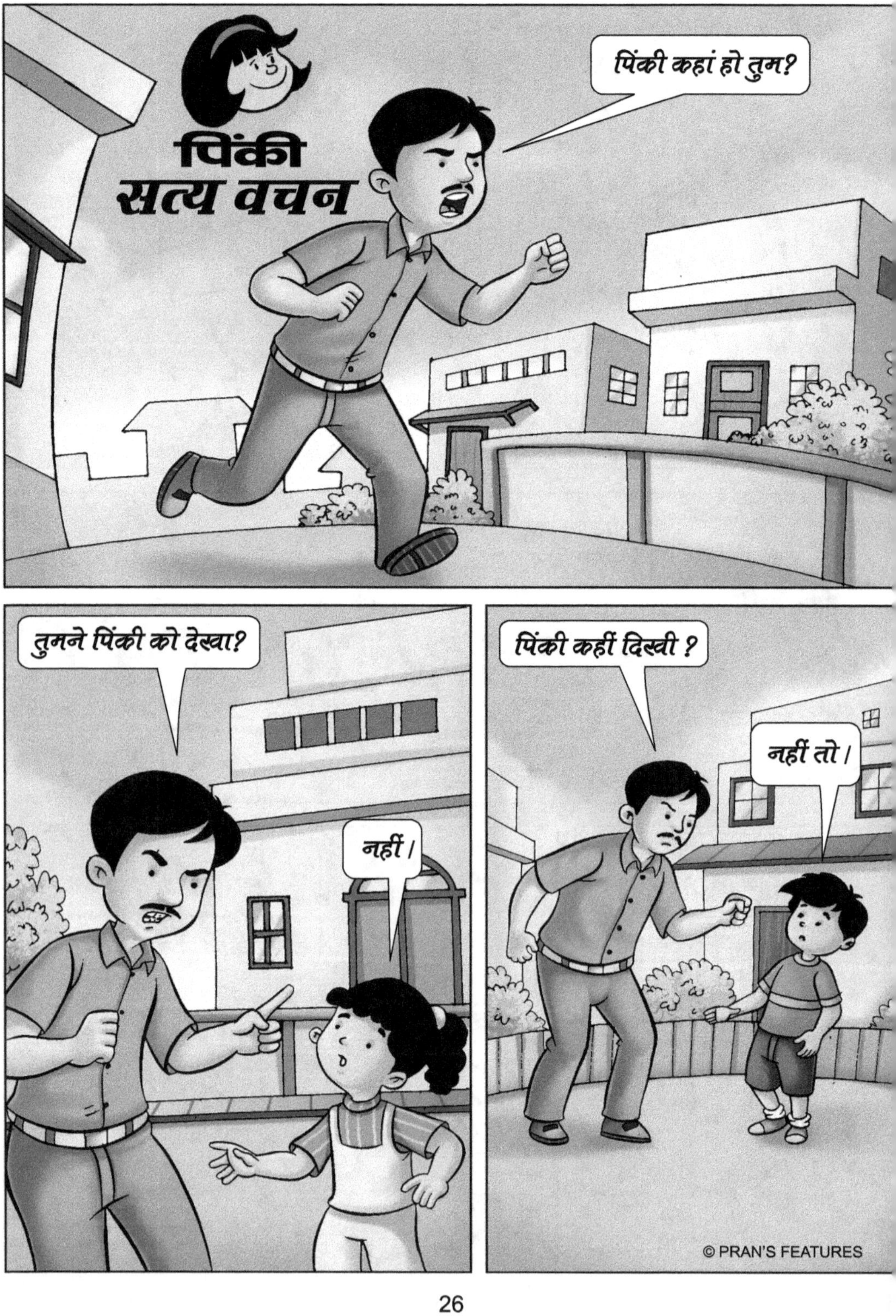

पिंकी
सत्य वचन
पिंकी कहां हो तुम?

तुमने पिंकी को देखा?
नहीं।

पिंकी कहीं दिखी ?
नहीं तो।

आप पिंकी को क्यों ढूंढ रहे हैं गुस्सैल अंकल?
मुझे उसके कान खींचने हैं।

मैं आ गई अंकल। बताइए क्यों गुस्से में हैं ?

कुछ दिन पहले तुमने मुझसे कहा था कि मुझे सदा हंसते रहना चाहिए।
आऊ ! हां कहा था।

तुम्हारे कहने पर मैं हर बात पर मुसकराने और ठहाका लगाकर हंसने लगा।

मेरी इस हरकत पर मुझे पागलखाने वाले पकड़ कर ले गए।

अभी वहां से छूटकर आ रहा हूं।
आऊ ऊ।

तुम्हारी सलाह पर यह सब हुआ।
आऊ! कान छोड़िए मेरा।

सॉरी अंकल! मेरी वजह से आपको परेशानी हुई।

चलिए, मैं आपकी भलाई के लिए एक बात और कहती हूं।

मैं प्रार्थना करती हूं कि एक दिन दुनिया आपके इशारे पर चले।

अब ठीक।

कमाल की लड़की है, मुझे फिर उल्लू तो नहीं बना गई।

कुछ दिन बाद...
www.chachachaudhary.com

मुंह मीठा करो।

किस खुशी में अंकल ?

तुमने कहा था दुनिया मेरे इशारे पर नाचेगी।
हां कहा था ?

तुमने जो कहा था, वह सच हो गया।

मैं ट्रैफिक पुलिस का सिपाही बन गया। सभी मेरे इशारे पर नाच रहे हैं।

पिंकी — आ गई मुसीबत

31

यहां घुस गई है।

झपट अंकल!
आ गई, मुसीबत!

पिंकी! प्लीज़, तुम वापस जाओ।

मैं नहीं चाहता, मेरा कोई नुकसान हो?

मैं यहां नुक्सान करने नहीं, रोकने आयी हूं।

तुम मुझे बातों में उलझा रही हो। मैंने कहा-जाओ!
आप पहले मेरी बात तो सुनो...

जल्दी कहो, क्या कहना है ?
मेरी कुटकुट खिड़की से आपके किचिन में घुसी है।

वह भूखी है, कहीं किचिन में से कुछ खा ना ले ?

ओह! वहां तो फ्रूट्स रखे हैं।

वही हुआ, जिसका डर था।

ऐ! रुको! हमारे फल मत खाओ।

अरे, उसे मार भगाओ।
अब कोई फायदा नहीं।
कारच ! कारच !! कारच !!

कारच ! कारच !! कारच !!

कुटकुट ! आओ चलें।

अब तुम्हारा पेट भर गया होगा।

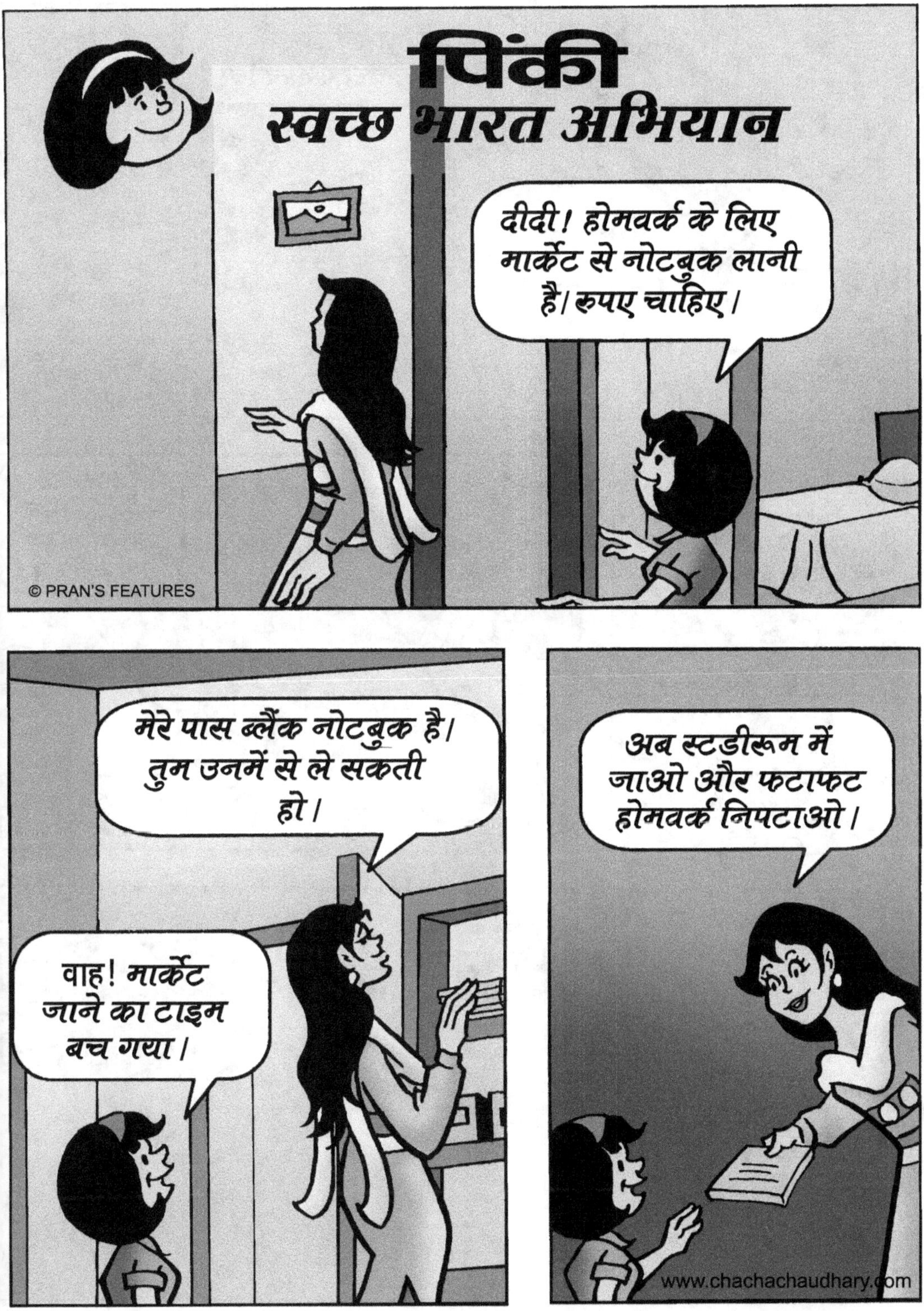

पिंकी
स्वच्छ भारत अभियान

पिंकी! तुमने रूम में कितना कचरा फैला दिया।

नोट बुक के पेज फाड़ कर यूं फेंक रही हो?
निबन्ध लिख रही हूं, लेकिन अच्छी लाइनें सूझ नहीं रहीं।

निबन्ध का विषय क्या है?
स्वच्छ भारत अभियान!

पिंकी
जानी जोकर
गरीब को कुछ मिल जाए, बाबा!
तुम भीख क्यों मांग रहे हो?

तुम भिखारी नहीं, सर्कस के जोकर हो! तुम्हें मांगने की क्या जरूरत आ पड़ी?
तुम ठीक कहती हो, बेबी।
© PRAN'S FEATURES

मेरा नाम जानी है। आजकल सर्कस कौन देखता है? सब लोग मल्टी चैनल टी. वी. देखते हैं। बच्चे इलेक्ट्रॉनिक्स टॉयज़ से खेलते हैं। इसलिए मैं बेकार हो गया हूं।

यह लो कचौड़ियां।

वाह! स्वादिष्ट हैं।

दूसरे दिन...
तुम?
मुझे भूख लगी, तो मैं चला आया।

यह लो मटर पुलाव।
यह मेरी पसंदीदा डिश है।

तीसरे दिन...
तुम हर रोज आ टपकते हो, यह क्या मज़ाक है?

भूखे को कभी मज़ाक नहीं सूझता। अगर मुझे छोटी-सी नौकरी मिल जाती, तो मैं यहां कभी न आता।

ठीक है। मेरे साथ चलो। कहीं काम ढूंढते हैं।

डायरेक्टर साहब! आप उदास क्यों बैठे हैं?
मैं सर्कस पर एक टी. वी. सीरीयल बना रहा हूं।

सारे कलाकार मिल गए। मगर एक नहीं मिला। उसके बिना मेरा सीरियल अधूरा रह जाएगा।
कौन सा एक्टर?

जोकर!

मेरे पास असली जोकर है, जो काम की तलाश में है।
बस, काम बन गया।

जानी! तुम्हारी तनख्वाह 50 हजार रुपए है। आज से काम शुरू कर दो।

अगला शॉट तैयार करो।
मुसीबत टली।

पिंकी दवाई

ओह! कम्प्यूटर बंद क्यों हो गया ?
© PRAN'S FEATURES
हैलो! कम्प्यूटर इंजिनियर, मेरा कम्प्यूटर रिपेयर करने आ जाओ।

जनाब! मैं शहर से बाहर हूं, तीन-चार दिन बाद ही आ सकूंगा।

पंडित नेहरू नहीं होंगे तो क्या देश नहीं चलेगा?

इतना गुस्सा किसलिए?

दोस्त को जरूरी ई-मेल भेजना था, कम्प्यूटर खराब हो गया।
तो चिट्ठी पोस्ट कर दो।

दोस्त क्या सोचेगा, मैं आज भी पत्थरों के युग में जी रहा हूं?
शांत रहिए, आपका बी. पी. बढ़ जाएगा!

अधूरा काम मुझे टेंशन कर रहा है।

मेरी बी.पी. की दवा देना ।

दूसरे कमरे में रखी है । अभी लाती हूं ।

दवाई मिल नहीं रही है जी, कहीं रखकर भूल गई हूं ।
भूलक्कड़ कहीं की । तुम्हारी रखी कोई भी चीज़ अपनी जगह पर नहीं होती है ।

आज माहौल क्यों गर्म है?

यह एक और मुसीबत आ गई ?

तुम जाओ, आज तुम्हारे दादाजी गुस्से में हैं।
प्रॉब्लम क्या है?

उनकी बी. पी. की दवा नहीं मिली और कम्प्यूटर खराब है, जरूरी मेल भेजना है।

कैमिस्ट से दवाई मिल जाएगी।

मेरे घुटनों में दर्द है, नहीं तो मैं लेने चली जाती।

सारा दिन टी. वी. के आगे बैठे-बैठे तुम्हारे घुटनों को जंग लग गया है।
www.chachachaudhary.com

दादाजी ! मेरे पास शांति की दवाई है।
क्या तुम डॉक्टर हो ?

यह लीजिए, मीठा पान खाइए।

इससे मुंह बंद रहेगा, इसका मीठा रस मन को खुशी देगा।

अब ठंडे दिमाग से दोस्त को मोबाइल से मैसेज़ कर दो। कम्प्यूटर ठीक होने तक, मोबाइल का नेट यूज़ करो।

क्रोध से प्रॉब्लमस् और शांति से उनके हल मिलते हैं।

बॉय!
यह लड़की बड़ी होकर जरूर मनोवैज्ञानिक बनेगी ?

FIND 10 DIFFERENCES

Find the differences in two Pictures and send us back to win a surprise prize - write down the following details in block letter: Complete Name, Telephone Number with STD code (Mobile Number), Age, Place of Birth, Date of Birth, Gender, Email ID and Complete Postal Address with Pin code.

Discover Talent @ Diamond Toons

X-30, Okhla Industrial Area, Phase-II, New Delhi-110020
Ph.: 011-40712100, 40712200, E-mail: sales@dpb.in

JOIN THE DOT

Draw a line from dot number 1 to dot number 2, then from dot number 2 to dot number 3, 3 to 4, and so on. Continue to join the dots until you have connected all the numbered dots. Then color the picture!

Join the dot and send us back to win a surprise prize - write down the following details in block letter: Complete Name, Telephone Number with STD code (Mobile Number), Age, Place of Birth, Date of Birth, Gender, Email ID and Complete Postal Address with Pin code.

FIND THE WAY

Help every duckling to find its own way to the little pond in the middle of the maze. send us back to win a surprise prize - write down the following details in block letter: Complete Name, Telephone Number with STD code (Mobile Number), Age, Place of Birth, Date of Birth, Gender, Email ID and Complete Postal Address with Pin code.

X-30, Okhla Industrial Area Phase-II, New Delhi-110020, INDIA
Tel.: 40712200 E-mail: sales@dpb.in, Website: www.dpb.in